KB091874

돌아보는 시선 끝에는

김혜정 제3시집

사랑을 찾아 여행하는 시인 김혜정

김혜정 시인은 진정으로 원하고 마음이 머무를 곳을 찾기 위해 여행을 떠난다고 말한다. 사람은 사랑에서 영혼을 찾고, 영혼은 여행을 찾아가는 것이 자연스러운 여정임을 보여주고 싶어한다. 자신을 찾기 위해 카메라 가방을 둘러메고 자연에 누워 잠자는 시어를 줍는 시인이기를 간절히 원한다. 카메라 뷰파인더에 순간을 저장하면서 자연과 사랑에 빠져 황홀한 리듬을 탄다. 꽃을 보면 찰나의 순간을 문장으로 열매 맺게 하고 나무를 만나면 운율과 균제미로 골고루 보듬어 한 편의 시 앞에서 여행객이 되는 이 시대의 집시 같은 시인이다.

김혜정 시인의 3집 '돌아보는 시선 끝에는'은 세상과의 대화에서 자연을 사랑하고 자신이 던져 놓은 화자에 언어적 표현을 함으로써 삶의 성찰과 사색이 수시로 등장하는 작품을 만들어 낼 수 있음을 보여준다. 그동안의 작품집에서 보여주었듯이 이제는 더욱 농익은 작품 세계를 보여주기 위해 독자를 다시 찾아왔다. 시인은 시를 쓸 때 시간 속에서 자아를 내던지며 공존한다. 순간순간 느끼는 짜릿하고도 고운 심상과 이미지리'imagery'로 표현하여 자신의 존재를 발견하고 또 다른 자아를 찾아 사진을 찍듯 순간 포착한 詩作을 담고 있다.

그동안 1집 '어떤 모퉁이를 돌다'와 2집 '먼, 그래서 더 먼' 시집을 출간한 김혜정 시인이 세 번째 시집 '돌아보는 시선 끝에는'을 감사한 마음으로 독자에게 선보인다. 무한대와 무한소의 중간 어느 한 지점에 시인이 가진 능력을 최대한 표현하려는 작품 세계를 독자와 함께 엿볼 수 있는 작품집이다. 독자와 소통하는 일을 게을리하지 않는 김혜정 시인의 '돌아보는 시선 끝에는' 제3 시집을 기쁜 마음으로 추천한다.

(사)창작문학예술인협의회 이사장 김락호

시인의 말

또 한 번의 가을이 찾아왔다.
사계절 모두 아름답지 않은 적이 내게는 없었지만 그 계절이 풀어내는 멋스러운 풍경 중에서 나는 가을을 유독 좋아한다. 어느 가을날에 맺은 아름다운 인연은 17년이라는 세월이 지난 지금에도 소중하게 남아 설렘과 사랑을 그리며 내 인생을 노래하게 한다. 살면서 가끔은 이유 있는 쓸쓸함과 외로움을 가슴으로 불러 모은 이야기들을 제 3시집에 담아 또 한 권의 책을 세상 밖으로 엮어낸다.

제 1시집 “어떤 모퉁이를 돌다”
제 2시집 “먼, 그래서 더 먼”에 이어
제 3시집 “돌아보는 시선 끝에는”을 엮어내면서 아직 끝나지 않은 삶의 어느 한 모퉁이에 서서 가만히 지나온 날들을 향해 시선을 모아 본다.
숨 가쁘게 달려온 날들이지만 미련과 후회보다는 당당한 삶의 영상들이 그 시선 끝에 머물러 환한 미소를 짓고 있다.
내 삶의 열차에 탑승하여 오랜 세월을 함께 동고동락한 따뜻하고 소중한 인연들과 이 한 권의 책을 위해 무던히도 애써 주신 분들께 무한한 사랑과 감사한 마음을 전한다.

시인 **김혜정**

사람아

김혜정 시
정진채 곡

사람아 얼마나 기다려야 할까요

얼마나 그리워해야 할까요

기약도 없는 기다림 속에

가슴엔 깊은 강이 흘러갑니다

제목 : 사람아
작사 : 김혜정
작곡, 노래 : 정진채
스마트폰으로 QR 코드를 스캔하면
노래를 감상할 수 있습니다.

QR 코드 스마트폰으로 QR 코드를 스캔하면 시낭송을 감상할 수 있습니다.

제목 : 가을날의 단상
시낭송 : 박영애

제목 : 어느 시인의 사랑
시낭송 : 박영애

제목 : 아픈 사랑
시낭송 : 박영애

제목 : 바람에 흔들리고 비에 젖어도
시낭송 : 박영애

제목 : 가을 연서
시낭송 : 장화순

제목 : 용수철
시낭송 : 김혜정

제목 : 사금파리
시낭송 : 박순애

제목 : 우주
시낭송 : 박태임

제목 : 별을 닮은 여자
시낭송 : 임숙희

제목 : 내 인생의 사계절 앞에서
시낭송 : 장화순

제목 : 빈 여백 속에서
시낭송 : 정연희

제목 : 어떤 기다림
시낭송 : 장선희

제목 : 불면의 밤
시낭송 : 김혜정

제목 : 마음이 외로운 날에는
시낭송 : 김정애

제목 : 사람이 그리운 날에는
시낭송 : 박영애

제목 : 이곳에서 그곳까지
시낭송 : 김락호

제목 : 강물의 고백
시낭송 : 김락호

모락모락 피어오르는 아지랑이 속에

한 모금의 커피를 목으로 넘기듯

메마른 가슴에 촉촉한 바람으로 다가와

촉촉하게 채워준 보랏빛 사랑 있었다

길 위에 뒹구는 숭숭 구멍 뚫린

낙엽 하나 주워 사랑을 채우고

기다림으로 엮어가는

어느 시인의 사랑은 시작되었다

시인은 자연을 이야기하고

시낭송가는 자연을 품었다.

글자는 날개를 달아 언어로 날고

소리는 자연에 눕는다.

목차

14 ... 가을날의 단상
15 ... 먼 훗날
16 ... 별
17 ... 별(2)
18 ... 꽃의 인연
19 ... 노을 진 창가에서
20 ... 서러운 기억
21 ... 조각난 사랑
22 ... 어느 시인의 사랑
23 ... 홀로 남은 이 세상에
24 ... 아픈 사랑
25 ... 흘러가는 세월아
26 ... 가을 창가에서
27 ... 기다림 속에 핀 행복
28 ... 나는 안다
29 ... 당신과 와인 한잔
30 ... 꽃잎편지
31 ... 꽃나무 하나 심었습니다
32 ... 그리움의 끝에서
33 ... 바닷가의 추억
34 ... 내 인생의 마지막 춤
35 ... 찻잔 속의 추억
36 ... 겨울비 연가
37 ... 희망속의 밝아오는 내일
38 ... 그때 그 시절이 그립다
39 ... 너를 보낸 나의 들판엔
40 ... 열정
41 ... 홀로 아리랑
42 ... 푸념
43 ... 햇살 속에 걸어 둔 그리움
44 ... 비 오는 날의 연가
45 ... 그대 고운 뜨락에서
46 ... 커피 향기 속에 나를 담고
47 ... 중년이란 꼬리표
48 ... 당신은 내 삶의 행복입니다.
49 ... 숲이 부르는 노래
50 ... 가을이 물들어 오면
51 ... 가끔은 눈물이 날 때가 있다.
52 ... 그녀
53 ... 가을 연가
54 ... 가을이 오는 소리
55 ... 엄마의 마음
56 ... 내가 누군지 모를 때 있습니다
57 ... 영혼 속 맑은 삶
58 ... 어디로 갈까
59 ... 추억의 종이배
60 ... 해오라기 사랑
61 ... 너의 숲에서
62 ... 저물어가는 가을날에
63 ... 바람의 노래

목차

64 ... 바람 속을 걷고 싶습니다
65 ... 흘러가는 시간 속에
66 ... 바람 속 그리움
67 ... 노을빛 창가에서
68 ... 별빛들의 사랑 노래
69 ... 누군가 옆에 있어도
70 ... 그대 내게로 오세요
71 ... 풀잎 젖은 청춘
72 ... 그대에게 띄우는 편지
73 ... 이별 아닌 이별
74 ... 바람에게
75 ... 이별의 노래
76 ... 그대와 탱고
77 ... 그대 시 되어 내게 오던 날
78 ... 그대 창가에
79 ... 내게 있는 그 모든 아름다움으로
80 ... 소풍가는 여자
82 ... 바람에 흔들리고 비에 젖어도
83 ... 마지막 편지
84 ... 호수
85 ... 홀로 선 낯선 향기는
86 ... 그리움의 성
87 ... 침묵
88 ... 침묵의 사랑
89 ... 사랑의 비애
90 ... 슬픈 인연
91 ... 깊은 밤 그리움
92 ... 고향에서
93 ... 너 있는 그곳에
94 ... 가을바람
95 ... 가을 연서
96 ... 하얀 꿈
97 ... 용수철
98 ... 사금파리
100 ... 그대를 위한 나의 노래
101 ... 인연
102 ... 돌아가고 싶은 날의 풍경
103 ... 창백한 기억
104 ... 우주(宇宙)
106 ... 별을 닮은 여자
108 ... 내 인생의 사계절 앞에서
110 ... 어느 소녀의 꿈
111 ... 겨울비 내리는 날에는
112 ... 빈 여백 속에서
114 ... 눈물 꽃
115 ... 작은 행복
116 ... 어떤 기다림
118 ... 불면의 밤
120 ... 마음이 외로운 날에는
122 ... 사람이 그리운 날에는
124 ... 이곳에서 그곳까지
126 ... 강물의 고백

가을날의 단상

우울한 가슴에
에메랄드빛 고독 웃음처럼 담고
나 혼자 알아볼 수 있는
모자이크 된 그리움 하나
저 하늘에 조각할 수 있었으면 좋겠다.

정처 없이 떠도는
유랑의 길 선택한 바람을
두 손 가득 꼭 쥐고
내 주어진 삶의 흔적
한 조각 뜬구름 위에 그려낼 수 있는
용기가 있었으면 좋겠다.

세월의 키만큼 웃자란 꿈의 그리움
숭숭 뚫린 낙엽 위에 적어
스산한 바람에 태워질지라도
한 줌 재가 된 상념 위에
또 하나 되어 오는
삶의 꿈 품은 푸른 하늘이었으면 좋겠다

제목 : 가을날의 단상
시낭송 : 박영애
스마트폰으로 QR 코드를 스캔하면
시낭송을 감상할 수 있습니다.

먼 훗날

꽃 멀미를 일으켜
가슴 울렁이게 하던
오월의 어느 날

낮게 불어오는
바람의 언덕에 앉아
마주 잡은 두 손에
따스함이 스민다.

서로의 생각 안에서 살다가
기억에 먼지가 수북할 때
한 세상 가장 행복한 때가
있었느냐고 묻는다면

더 주지 못한 안타까운 마음이
지나 보니 애타는 사랑이었다고
기억의 먼지를 툭 털어내고
은사시나뭇잎 푸른 입술 떨 듯
나 그렇게 말하리라

별

꽃에서
당신의 얼굴을 본다.

화안한 빛의 생동을
하늘빛 속에 묻으면
당신은 별이 되어
내 가슴에 흐르고

당신 눈 속에 스민
온화한 빛은
내 어둠 속에
꽃의 미소로 기지개를 켠다.

별(2)

어스름한 길모퉁이
홀로 앉아 있으면
어둠에 물든 가슴을
다정스레 어루만지는
별빛이 있다

따뜻한 손길이 그리운
외로운 가슴에
낮은 걸음으로 걸어와
다정하게 반짝이는 별

오랫동안 남몰래 품었던 연정
수많은 세월이 흘러도
서로의 가슴에 녹슬지 않고
온화한 빛으로 살아 있다

꽃의 인연

삶의 모퉁이 돌고 도는
적막한 꿈 외로운 길 위에서
비틀거릴 때
눈시울 끝에 가만히 올라앉은
꽃의 향기를 봅니다.

비틀거리던 젊은 시절의 꿈이
흔들릴 때마다 흘린 눈물이
꽃의 향기로 피어나와
고요한 향기로 손을 잡습니다.

지금 내 앞에 꿈처럼
머물고 있는 별은
어느 날 바람이 놓친 눈빛으로
그리움의 휘파람을 불어
다시 꽃을 피워내고 있습니다.

노을 진 창가에서

높이 치솟았던 태양이
낮은 목소리로 그리움을 부르듯
하늘은 노을을 부른다

햇살의 뜨거운 눈빛에
숨을 죽이던 신록은
따스한 목소리에
얼굴을 들고 찾은 향기에
산새의 맑은 노래가 날개를 단다

파도처럼 일렁이는
붉은 노을이 머무는 창가
그리움도 옷을 챙겨 입고
걸음을 내딛는다.

그리운 이의 모습이
노을 속에 서성이고
그 빛이 그대인 양
온몸으로 꼭 안아본다

서러운 기억

못 견디게 보고 싶은 그리움
마디마디 저며 오는
슬픔으로 아파서
가슴에서 떼어 놓으려
바튼 숨을 몰아쉰다

한 계절을 훌쩍 건너
또 한 계절의 살가운 바람 앞에서
지난 기억 한 자락에 묻어있는
아픔은 지워야 하지만
지울 수 없는 그리움이 쓸쓸하다

오늘도 나는
낯선 바람으로 저만치 사라져간
너의 모습을 찾는
내 모습이 서러워 울음을 삼킨다.

조각난 사랑

어설픈 미소 뒤에 오는 슬픔은
가슴 속에 숨겨둬야지

감히 당신의 마음을 빼앗은 죄
절반의 미움이 싹을 틔우며
나를 사랑하게 한 죄
미완성 사랑 앞에 고개 숙인다.

당신을 너무 아프게 한 죄
아무 말도 못 하고 한 줌 눈물로
대신할 수밖에 없는 내 마음엔
차가운 눈처럼 시린 영혼이
아프게 떨어져 내린다.

슬픔을 장막처럼 둘러친
사랑을 추억으로 떠올려
베어 물 수 있는 웃음 한 조각이
나를 기다리는 그 날까지
얼음처럼 차디찬 슬픔은
내 가슴속에 숨겨 둬야지

어느 시인의 사랑

모락모락 피어오르는 아지랑이 속에
한 모금의 커피를 목으로 넘기듯
메마른 가슴에 따스한 바람으로 다가와
촉촉하게 채워준 보랏빛 사랑 있었다

길 위에 뒹구는 숭숭 구멍 뚫린
낙엽 하나 주워 사랑을 채우고
기다림으로 엮어가는
어느 시인의 사랑은 시작되었다

어느 날 이별의 암시로
온 마음 무너지는 아픔 속에서도
결코 포기할 수 없었던 사랑이었기에
미움 대신 그리움을 키웠고
기다림을 세월에 담았다

아픔과 슬픔으로 이룬 강 위에
그리움의 조각배 띄워
사랑이라는 이름으로 노를 저어
어느 시인의 가슴에 머물고 있는 인연
목숨 꽃 지는 날까지 가슴으로 부르며
살아가야 할 나의 노래이다

제목 : 어느 시인의 사랑
시낭송 : 박영애
스마트폰으로 QR 코드를 스캔하면
시낭송을 감상할 수 있습니다.

홀로 남은 이 세상에

먹먹한 하늘에서
퍼렇게 멍든 별이 내린다.

곪아 터진 상처 위에
어둔 빛 덕지덕지 붙은
눈물별이 긴 고통으로 내린다.

영혼으로 사랑한 세월은
태우고 또 태워도 사라지지 않고
하루하루의 긴 시간만큼
큰 슬픔의 부피로 늘어날 뿐
영원히 벗어 던질 수 없는
그리움의 껍질을 씌워
눈물 꽃을 피우게 한다.

너를 보내고
홀로 남은 이 세상에

아픈 사랑

억새풀에 베인 가슴
바람에 시려 빗장을 걸어도
상처는 시린 영혼만을 잉태합니다.

돌아서야 하는 인연이지만
끊을 수 없는 슬픈 사랑
내 안에 고스란히 품을 수밖에 없어
울음으로 멍울진 가슴으로
철저히 백치가 되고 싶습니다.

당신을 사랑하며 살아온 날이
얼마나 큰 행복이었는지 당신은 모릅니다.
그 웃음이 아픈 눈물이 되고
핏빛 가득한 슬픈 강물이 되어 흐릅니다

별빛도 스러진 깊은 밤
내 아픈 영혼도 어둠에 묻히는
가여운 사랑의 그림자
서러워 안을 수밖에 없는 내 마음이
아리고 아파 그저 눈물만 흘릴 뿐입니다.

제목 : 아픈 사랑
시낭송 : 박영애
스마트폰으로 QR 코드를 스캔하면
시낭송을 감상할 수 있습니다.

흘러가는 세월아

별똥별 꼬리 잡고 가는 시간
종종걸음을 쳐도 이룰 수 없었던 꿈
한 조각의 아쉬움을 거품처럼 토해내고
애써 붙잡는 발길에도 돌아볼 줄 모르고
저만치 달아나는 세월이다

그저 앞만 보고 줄달음치는 세월
내 전부를 빼앗겨 버린 듯
야속하기만 하다

아쉬웠고 아팠던 삶의 꿈
새로운 변화로 오는
가지 위에 접목시켜 허무했던
상처 위에 새 희망이 돋을 때까지
잠깐의 여유를 부려보고 싶다.

가을 창가에서

바람 부는 창가에 앉아
이별의 편지를 적었던
어느 가을날의 아픈 사연은
생각하지 않기로 했습니다.

그 아픈 이별이 언제 또
슬픔의 나락으로 몰아넣고
내 마음을 뒤흔들지 모르지만
낙엽처럼 가버린 쓸쓸했던 사랑도
생각하지 않기로 했습니다.

당신과 내가 소중하게 나열했던
사랑의 언어가 추억이 될 수 있도록
이별도 서러워하지 않겠습니다

올가을에는 그저,
알알이 익어가는 들녘의 곡식처럼
넉넉한 눈으로 세상을 바라보고
삶의 울타리 안에 사랑과 기쁨으로
빛이 나는 축복만을 담으려 합니다.

기다림 속에 핀 행복

어둠으로 채색된 바닷가
출렁이는 물결 따라
하얀 미소 지으며
낮은 몸짓 휘파람으로
당신은 내 곁으로 왔었지.

하루 동안의 긴 기다림을
썰물 속에 밀어내고
목마른 날의 갈증은
달콤한 입맞춤으로 풀어
사랑의 속삭임을 채워 담은 밤

꿈결인 듯 더듬어 안는
밤의 기쁨이
기다림 속에 핀
당신과 나의 행복이었다.

나는 안다

내게서 떠나지 못할 너를 생각하며
하루를 시작하는 마음이 평온하다.

아침을 깨우는 방울방울 맺힌
청아하고 맑은 이슬의 설렘이
네게서 떠나지 못한 나를
해맑은 미소로 부른다.

푸른 하늘 위에 그려가는
너와 나의 소중한 인연은
치자꽃 향기 속에
신비스러운 빛으로 달콤하다.

세월은 한 순간도 멈추지 않고
새벽을 내려 아침을 잉태하듯이
너와 나의 가슴에 영혼으로 남아
숨 쉬는 추억이 있는 한
우리의 사랑도 아침처럼 찬란하고
치자 꽃처럼 달콤한 향기로
남을 사랑이라는 것을 나는 안다.

당신과 와인 한잔

발걸음 소리도 없이
가만히 다가오는 어둠 안에
하얀 촛불 하나 밝혀 들고
당신을 기다립니다.

오늘 하루도
주어진 삶에 꽃을 피우려
쉼 없이 쟁기질한
당신의 지친 어깨 위에
촛불처럼 따스한 사랑의 손길이
편안한 쉼의 행복이면 좋겠습니다

별들이 무리 지어
어두운 하늘에 꽃을 피우며
깊어가는 시간

투명한 크리스털 잔에
부드럽고 온화한 눈빛을 담아
지친 당신의 가슴에
은은함이 사랑으로 물드는
달콤한 와인 한잔하고 싶습니다.

꽃잎편지

이토록 깊이 한 사람을
사랑해 본 적 없습니다.

긴 하루의 시간 속에 잠시라도
내 삶의 테두리에서 벗어나지 않고
가슴에 머무는 사람

언제부터인가 그대에게
쓰기 시작했던 글이
시라는 이름으로 불리며
어설픈 가락을 타고 노래가 되었습니다.

늘 함께하면서도
사랑의 편지를 쓰게 하는 사람
한 번도 빨간 우체통에 붙이지 못한 편지는
내가 나에게 쓰는 사랑의 독백입니다

오늘도 그대를 향한
사랑의 소야곡에 꽃잎 사연이란
이름을 붙여 편지를 씁니다.

꽃나무 하나 심었습니다

하얀 봄꽃 서리서리 피던 날에
내 마음에도 사랑의 꽃나무
하나 심었습니다.

그대만 볼 수 있고
그대만이 느낄 수 있는
아름다운 꽃을 피울 수 있는
예쁜 꽃나무 하나 심었습니다.

파란 하늘 벗 삼은 바람도
대지를 적셔주는 단비도
꽃나무를 자라게 하지 못합니다.

그대가 나를 보며 활짝 웃을 때
나뭇잎은 더욱 푸르게 빛나고
그대가 나를 보며 손짓을 할 때
아름드리 꽃 피워 하얀 천사가 되는
꽃나무 하나 심었습니다

그리움의 끝에서

찬바람이 지나 가는 길 위에
침묵으로 웅크린 그리움 하나가
애절한 눈빛으로 나를 바라봅니다.

쌀쌀한 바람에 힘없이 쓸려가는
메마른 가랑잎의 슬픈 사랑이
그대의 아픈 몸짓처럼 흔들립니다

푸른 그리움을 눈물 어린 시선 속에 담고
시간과 공간 안에서 무채색으로 흐린
슬픔은 그대 이름을 부릅니다

사랑하는 사람이여!
언제쯤이면 슬픈 운명의 소야곡에
이별의 현을 켜지 않아도 될까요

먼 하늘 아련한 노을을 바라보며
그리움의 끝에서 부르는 사랑은
홀로인 달빛처럼 처연하기만 합니다.

바닷가의 추억

파란 하늘을 담은 바다
하얗게 몸부림치며 부서져 오는
파도 잎에서 한순간 목숨처럼 들이친
우리 영혼의 시린 눈빛을 보았습니다.

그대와 함께하는 시간 앞에서도
가슴에서 솟구쳐 오르는 아픔을 보듬듯
철썩철썩 부딪혀오는 파도의 손짓 위에
푸르도록 애틋한 우리의 사랑을 띄웁니다

아스라이 바라보는 눈빛엔
추억으로 보내야 하는 시간이 서글퍼
속으로 눈물 삼킨 일말의 아픔이 있었습니다.

그 아픔 속에서도
은빛 햇살 속삭임으로 마주한 사랑의 밀어
내 가슴에 소중한 추억의 필름 속에
잊을 수 없는 그리움으로 남아 있습니다

내 인생의 마지막 춤

바람 스산하게 지나는 거리마다
어둠에 불려온 불빛들이
춤을 추듯 하나둘 일렁이며
밤의 그리움으로 깨어납니다.

흔들리는 불빛 속에
스며오는 그대 모습
뜨거운 포옹으로 입맞춤하며
내 인생 마지막 그날까지
찬란한 별빛 닮은
아름다운 사랑 앞에 웃음 짓습니다.

그대와 함께 엮어가는 삶 속에
투명한 사랑을 담고 담아
샛별처럼 빛날 내 인생의 마지막 춤은
그대와 함께 추고 싶습니다.

찻잔 속의 추억

아침 이슬의 영롱함이
가득 채워진 따뜻한 찻잔 속에
나를 담고 너를 담아 마신다.

한잔은 너의 따뜻한 마음이 되고
또 한잔은 싱그러운 나의 미소가 된다.

찻잔 속에 여울져 오는 향기에는
그리운 추억이 뭉게구름처럼 피어오르고
바람결에 하늘거리는 아지랑이는
내 마음에 너의 신비한 봄이 된다.

겨울비 연가

짙게 드리운 잿빛 햇살 속에
숨 죽이던 사랑이 오랜 침묵을 깨듯
그리움을 부르는 노래가 되어
온 세상을 촉촉하게 적신다

바람은 쓸쓸하게 자리를 지키며
차가운 빗줄기를 묵묵히 견디고 있는
겨울 나목을 쓰다듬고
애잔한 독백으로 떨어져 내린다

빗방울의 가냘픈 흐느낌은
대지를 적시는 선율이 되고
얇은 결망을 걸친 외로움도
덩달아 겨울비에 젖어 든다

겨울비 구슬픈 울음 소리에
물방울처럼 맺히는 사연들은
노래와 사랑이 되어 슬픔 속에서도
푸릇푸릇 돋아나는 새봄의 희망을 본다

희망 속의 밝아오는 내일

아직은 그리 많은 시간이 흐르지 않았는데
아름답게 수놓는 별빛들의 노래가 시작되는 저녁
풍성한 보름달이 미소 지으며 어둠으로 물든 세상을
고운 눈빛으로 내려다봅니다

바쁘게 달려온 시간이 무엇을 위한 것이었는지
마음 깊은 곳에서 이는 의문에 뭔지 모를
허전한 마음이 아쉬움으로 자리합니다

하얀 낭만을 꿈꾸었던 순백의 사랑
남녘 끝에서 불어오는 바람
모든 것이 쓸쓸한 등을 보이며
걸음을 옮겨 가는 시간이
돌아올 수 없는 허전함을 안겨줍니다.

되돌아보면 순간을 영원으로 착각하며
고집을 부렸던 철없던 생각이 남긴 찌꺼기가
다음을 기약하는 인사를 듣지 못했든가 봅니다

되돌아보면 아쉬움과 후회스러운 인생일지라도
오늘을 살아갈 수밖에 없는 것은
오랜 침묵을 깨고 환한 기지개를 켜며
새봄의 향기처럼 희망을 선물하는
밝은 내일이 있음을 믿기 때문입니다

그때 그 시절이 그립다

어느 추운 겨울날
한적한 농촌의 들녘에서
모닥불 피워 놓고
설렘 속에 다가올
미지의 세계를 향해
밤새워 이야기꽃을 피우던
그때 그 추억이 그립다

넓게 펼쳐진 섬진강에서
나룻배에 노 저으며 노래 부르고
금빛 모래밭을 달리며
순박한 웃음 토해내던
그때 그 시절이 그립다

너를 보낸 나의 들판엔

산과 들에 아름다운 꽃들이 세상을
화려함 속으로 끌어들이고
이름 모를 새들이 고귀한 목소리로
합창대회를 열던 따스한 어느 봄날

소탈하고 꾸밈이 없는 모습으로
나에게 다가왔던 너
화려한 봄의 꽃보다 아름다웠고
이 세상 둘도 없는 소중함으로
우리의 우정 향기로웠다

그토록 아름답던 꽃들도
한철을 견디지 못하고
꺼지지 않을 것처럼 타오르는 불꽃도
시간이 지나면 꺼지듯이
영원할 것 같았던 사랑의 불씨도
봄바람에 떨어져 날리는 꽃잎처럼
멀리멀리 날아가 버렸다

다시 돌아온 아름다운 봄날
너를 보낸 내 마음의 들판엔
그리움이란 꽃들이 쓸쓸하게 피어 있었다

열정

어디선가 낯익은 모습으로 다가서는
초록의 신선한 싱그러움
오늘은 찬바람 속에 실려 오는
새봄의 모든 것을 아낌없이 사랑하고 싶다.

복사꽃처럼 화사한 미소와
은은하게 퍼져오는 때 묻지 않은
이른 봄의 향기로움과
내 안에서 아직도 꿈틀거리며
살아 숨 쉬는 열정으로
세상의 모든 것을 사랑하고 싶다.

온실 속의 아름답고 화려한 꽃들이 아닌
넓은 들과 산에서 살뜰히 쓰다듬어 주는 이 없어도
스스로 불타오르는 들꽃 같은 연정으로
나 그렇게 사랑하고 싶다.

홀로 아리랑

개나리 진달래 수줍은 듯
작은 입 뾰족이 내어 밀고
애타세 기다리는데 그대는
오지 않고 바람만 불어오네

햇살이 가득한 낮엔 오지 못하는지
그리운 그대의 모습은 보이지 않고
나무에 걸터앉은 꽃망울만 벙글거리네

아침 깨우는 새 소리에
그리운 그대의 음성 실려 올까
토끼처럼 귀 쫑긋 세워 보지만
황량한 바람에 대답하는 것은
이슬방울 떨어지는 소리뿐이네

그립고 보고 싶은 마음
그리움의 노래로 만들어
애타게 불러 보는 나의 노래
홀로 아리랑

푸념

구석진 작은 방 책상 위에 놓여진
화병 속의 꽃을 바라보며
답답한 마음에 짧은 한숨을 토해낸다.

화병에 발이 묶인 꽃의 모습에서
외로움에 홀로 떠도는
내 마음을 읽어낸다

오로지 한 곳만을 응시하고
오로지 한 사람만을 위하여
은은한 향기 피워 살다가는
초라한 화병 속의 꽃

차라리 꺾어오지 말걸 그랬다
세상 모든 사람 앞에서
쓰러져 간다면 외로움은 없을 텐데
한낮의 태양을 피해 숨어든 그림자는
외로움으로 채색되어 온갖 푸념을 뱉어낸다.

햇살 속에 걸어 둔 그리움

티 없이 맑고 청명한 하늘 위
하얀 뭉게구름 바람 따라 떠돌고
한가로운 여정을 즐기는 햇살 속에
내 그리움을 걸어둡니다

싱그러운 초록 미소를 뿌리며
불어오는 솔바람에 뽀송뽀송 말린 그리움은
먼 길 달려가도 지치지 않을 날개를 답니다

가슴 속에 숨겨 두었던 두 그리움이
하나로 만나 세상을 밝혀 주는 햇살 속에서
소설 속 주인공처럼 다정한 밀애를 즐깁니다

비 오는 날의 연가

텅 빈 방안 감미로운 음악이
은은하게 울려 퍼지도록
스피커 볼륨을 낮춘다.

노래의 가락을 타고
창문을 두드리는 빗소리는
그리움의 목소리일까
가만히 귀 기울여 보는 마음에
적막함이 스며온다

바람도 쉬어가는 비의 길목에
뽀얗게 피어나는 물안개 사이로
비에 젖은 잎새들의 흔들림 타고 들려오는
새들의 환상 교향곡은
나를 위한 그대 사랑의 노래인가

잠시 숨을 고르던 비가 다시 내리며
토닥토닥 창문을 두드리며 부르는
아련한 노래 가락은
그리움의 울림이 되어 흐른다.

그대 고운 뜨락에서

그대 고운 뜨락에는
무엇이 살고 있을까?

비가 머물다 간 하늘에서
청명하고 푸른 미소 한 줌 받아
아름다운 무지갯빛 사랑 꽃이
만발하여 피어 있을까?

그대 고운 뜨락에는
내 사랑 고이 담은 보랏빛 향기로
가득 채워져 있을까?

세상 그 누구도 탐낼 수 없는
그대 고운 뜨락에서
오직 나만이 향기 느낄 수 있는
사랑나무 한그루 심어
낮에는 고운 노래 불러주는
한 마리 작은 새가 되고
밤에는 품 안에서 곤히 잠드는
밤의 마음 빛이고 싶다.

커피 향기 속에 나를 담고

맑은 공기가 세상을
감싸고 돌 때
티 없이 맑은 창공에서 내려오는
하얀 햇살 한 줌 안고
솔솔 피어오르는
커피 향기 속에 나를 담는다.

은은하게 녹아내리는
커피 향기에 젖어
첫 입맛에 감도는
쌉싸래한 고독 속에는
온갖 시름을 담고
끝 맛의 달콤함에는
수채화 빛 소박한 꿈이
입안에서 그네를 탄다

중년이란 꼬리표

짙은 회색빛 콘크리트 벽이
사방을 감싸듯 암울한 눈으로
나를 휘어 감는다.

차가운 형광등 불빛이
어둠에 묻혀갈 때
눈꺼풀도 무겁게 내려앉고
사람들의 분주한 발걸음에도
기운을 잃은 듯 헤매는 모습에
쓸쓸함이 묻어 있다

꾸벅꾸벅 흔들리는 불빛에
마음 흐트러질까 구부린 무릎에
얼굴을 묻고 창밖을 바라본다
어디선가 들려오는 풀벌레들의 연주가
메마른 내 영혼을 깨운다

속절없이 방황하던 마음
풀벌레들의 산뜻하고 싱싱한
시간의 숨소리를 들으며
중년이란 꼬리표를 달고 살아가는
삶의 길 위에 멋진 연주를 할 수 있도록
오늘을 사는 나에게 기쁨을 준다

당신은 내 삶의 행복입니다.

뒤돌아볼 사이 없이
바쁘게 지내온 세월 앞에
홀연히 나타난 허전함이라는
회색빛 그림자에 발목을 잡혀
배회하던 그 어느 날
정갈한 햇살 한 줌의 향기로
삶의 행복을 안겨 준 당신입니다

예쁘게 사랑하는 법을 알려 주었고
차 한 잔의 행복이 무엇인지 일깨워 주며
마음에 여유를 심어준 아름다운 영혼
사랑의 꽃씨를 뿌린 삶의 이랑마다 살아 온
세월의 흔적을 당신과 함께 남기고 싶습니다

숲이 부르는 노래

병풍처럼 둘러쳐진 나뭇잎은
노랑·빨강·감빛의 옷으로 갈아입고
어여쁜 자태 서로 뽐내며
목청 돋우고 노래 부르는 소리가
온 산에 무지개를 그려놓는다

높은 산자락을 타고 내려오는
계곡물도 파란 하늘을 가득 담은
깨끗하고 청아한 노래를 부르며
오케스트라의 고운 선율을 연주한다

자연이 들려주는 가슴 벅찬 환희에
내 마음도 사랑의 세레나데를 부르고
산새들의 맑은 지저귐과
계곡을 타고 흐르는 맑은 물소리에
숲은 어느 새
가을 단풍 같은 사랑으로 붉게 타오른다

가을이 물들어 오면

내 사랑하는 사람아
가을이 붉게 물들어 오면
바라보기만 해도 좋은
그 고운 자태에 기대여
사랑의 눈빛 마주하고
아름다운 단풍 길을 걸어보자.

여름의 초록이 익어가며
고요히 들려주는 멜로디에
푸른 하늘은 높아지고
가을이 깊어가는 가로수 길을
두 손 마주 잡고 걸으며
우리 둘만의 사랑으로 웃어보자

밝은 햇살 아래
도란도란 삶의 이야기 속삭이며
곱게 물들어가는 단풍처럼
붉은 미소 머금고 익어가는
우리의 사랑을 노래하자.

가끔은 눈물이 날 때가 있다.

푸르른 하늘에서
빛나는 하얀 미소
반짝이며 쏟아지는
햇살 고운 날에도

내 눈물 비가 되어
대지 위를 촉촉이 적시는
쓸쓸한 날에도

무수히 많은 별이
밤하늘을 총총히 비추는
아름다운 날에도

넉넉한 마음처럼
보름달이 세상을 향해
함박꽃웃음 짓는 날에도
괜스레
눈물이 날 때가 있다

이유 없다지만 이유 있는
삶을 살아가는 것처럼

그녀

내가 좋아하는 그녀는
뛰어난 미모는 아니지만
작은 얼굴이 예쁘답니다.

정장을 차려입어
매무새를 뽐내지 않고
편안하게 내 곁에 다가서고
애써 마음 꾸미지 않고
있는 표정 그대로를 가진
순수하고 수수함을 지닌
그녀를 나는 좋아합니다.

언제나 내 곁에서
내 마음을 헤아려 주며
말없이 가만히 앉아 있어도
마음 통하는 소중한 사람입니다.

표정 하나에도
작은 목소리 하나에서도
편안함을 안겨주는
그런 그녀를 나는 좋아합니다

가을 연가

두 눈이 아리도록 시린
옥색의 청아함으로 물든
하늘 비다에 하얀 뭉게구름
바람의 배를 타고 여유를 부릴 때
고추잠자리 떼 지어 노닐며
가을을 노래합니다.

무르익은 초록 향기
조금씩 밀어낸 자리에
성큼 비집고 들어서는 가을
채우지 못한
여름날의 아쉬움을 긁어모아
차곡차곡 내 마음에 쌓으며
차마 말로 다 하지 못한
여름날의 그리움을 하나씩 엮어
고운 선율로 그대 가슴 울리는
노래를 만들고 싶습니다

가을이 오는 소리

푸른 옥빛 하늘에
높이 올라앉아
유유히 흐르는 뭉게구름의
향연이 아름답다

솔솔 불어오는 갈바람에
길옆 풀숲에서는
이름 모를 풀벌레 소리가
찌르르 들려오고
가을이 오는 발자국 소리가 힘차다

은은한 향기 품은 초록에
그윽한 가을 내음이 묻어나고
황금으로 수놓아 줄 내 마음에도
가을이 오는 소리가 들린다

엄마의 마음

한없이 넓은 엄마의 마음을 베고
스르르 잠이 든 여름날
장엄하고 넓은 세상이 꿈속으로 들어와
마냥 행복한 내가 됩니다.

시끄럽고 성가시던 매미 소리도
꿈결에서는 정겨운 자장가 소리로 들리고
서걱서걱 대숲을 흔드는 바람에서는
엄마의 사랑 닮은 포근한 향기가 납니다

몽글몽글 피어오르는 환희에
잠에서 깨어보니 아직도
싱그러운 초록 향기 풍겨오는 숲은
꿀처럼 달콤한 엄마의 마음입니다.

내가 누군지 모를 때 있습니다

잠이 들깬 눈을 비비며 거울 앞에 앉아
마주 바라 보는 시선 속에는
또 다른 사람이 나를 바라보며
어색한 눈동자 굴릴 때 있습니다.

나비가 허물을 벗어 던지고
가벼운 날갯짓으로 비상을 하듯이
걸치레에 지나지 않는 정돈된 장식장 같은
삶의 훈장 훌훌 털어버리고 싶어
몸부림치는 모습 속에도 또 다른 내가 있습니다.

울지 않으려 하지만 가끔은 눈물이 나고
예쁜 모습을 보면 얼굴에 미소가 피어오르고
내 안에 숨어 있는 삶의 피력들을 꺼내
인생 탑을 쌓아가는 모습에서도
내가 누군지 모를 때 있습니다

영혼 속 맑은 삶

무료함이 느껴져 오는 오후
지난 추억 되새김질하듯
졸음이 몰려오는 사이로
세상의 모든 상념이
서로 다른 모습으로 일제히
고개 내밀고 나를 찾아온다.

꿈결인지 바람결인지
목청 돋우며 불러주는
가을향기 실은 자장가
열여섯 부풀은 꿈을 희망으로 열어주고
여린 손짓 하며 눈 맞춤 하는 너는
푸른 날의 꽃으로 태어나서
내 영혼에 열매 맺는 맑은 삶이 된다

어디로 갈까

적막함이
곤이 잠자는 바람을 깨울까 봐
조심스럽게 세상 속으로 찾아 들고
희미한 가로등 불빛
꾸벅꾸벅 졸음을 삼키는 새벽

잠 못 이루며 어둠 속을 헤매는
두 눈 속에 스며든 까만 하늘이
날 부르며 다정스레 손짓하지만
어디로 가야 할지 몰라
창가를 서성이는 마음속에
영롱한 이슬이 나의 길 안내하며
꿈속 가는 길 환히 열어준다.

추억의 종이배

고사리 같은 손으로
꿈 한 조각 접어서 띄워 보냈던
어린 날의 작은 종이배는
지금은 어디쯤 흘러가고 있을까

되돌아보는 세월의 나이 앞에
어린 날 꾸었던 꿈이 이제는
내 곁에 돌아와 아름다운 꽃을 피워
열매를 맺어 줄 때도 되었건만
방황하고 있는 희망은 아직도
돌아올 줄 모른다

오늘도 퇴색되지 않은 어릴 적 꿈에
소망하나 더 얹은 작은 종이배 하나
흐르는 세월의 강물에 띄워 보낸다.

해오라기 사랑

태양이 붉게 타오르는 여름
엷은 초록 잎사귀 제쳐두고
우뚝 세운 여러 개의 꽃대 위에
저마다 한 송이씩 향기 나는 꽃을 피워
학의 춤을 추는 해오라기 몸짓은
현실에서는 이루지 못할
애달픈 사랑의 단상입니다.

그대 보고픔이 강물처럼 밀려와
나를 적시는 그리움이
해오라기 곁에서 춤을 추며
꿈을 꾸듯 내 가슴을
태우는 사랑을 합니다.

오늘도 나는
한없는 보고픔으로 오는
그리움을 이기지 못하고
해오라기 향기를 싣고
그대를 찾아 떠납니다.

너의 숲에서

중후한 중년의 멋스러움으로
바람에 우아하게 흔들리는
갈대의 낮은 몸놀림 사이로
너의 선홍빛 숲이 보인다

하늘에서 피어나는 뭉게구름
숲으로 내려와 그리움을 풀어내고
잔잔한 물결로 일렁이는
연둣빛 바람에 너의 사랑을 담는다

요람 같은 청명한 햇살 숲에서
평화로움에 취해 숨을 고르고
핏빛 고운 선홍색 너의 숲에서
아름다웠던 한 순간의 추억을 노래한다.

저물어가는 가을날에

세상도 잠든 쓸쓸한 시간
창문 틈으로 들어오는
핏기 없는 바람이
시린 가슴에 그리움 하나
살며시 포개어 두고
짙은 어둠으로 사라져 간다

창밖에 외로움 닮은 가로등
그리움에 지친 눈빛 되어
내 눈 속으로 걸어 올 때
바람에 흔들리는 나뭇잎 소리는
꿈속에서도 듣고 싶은 그대 목소리

가을은 저물어 가는데
세상이 늘어놓는 외로운 푸념 들으며
달빛 시린 가슴 안고
그대 곁으로 다가가지 못하는 슬픔에
붉은 눈물의 강을 만든다

바람의 노래

낙엽을 흔드는 스산한 바람 소리가
어둠이 내려앉은 숲 언저리에서
외로움을 불러내는 듯합니다

늦은 가을빛
쓸쓸함은 밀물처럼 달려와
가슴에 안길 때
퇴색한 유행가 한 구절이
서글픔의 장막을 드리웁니다

머릿속에서 떠올려 입 밖으로 뱉어내면
목울대가 아픈 울음이 될 바람이
겨울 들판처럼 텅 빈 내 마음속에 들어와
기나긴 아픔의 흔적으로 머물며
지나간 추억을 얇은 무명 치마폭에
주섬주섬 주워 담습는다

바람 속을 걷고 싶습니다

하늘이 청명한 빛을 뿌리며
영광스러운 축복으로 열릴 때
하얀 미소 안고 고이 내려앉는
햇살의 해맑은 몸짓에
잔잔한 웃음으로 답하며
내 옷깃을 어루만지는
실루엣 같은 그대

구름도 하늘 아래
하얀 꽃을 곱게 피우고
세상에도 솔향기 가득하고
향기로운 꽃이 피어나는 날

그대와 두 손 꼭 잡고
우리 사랑 아름다운 목소리로 노래하며
나지막이 불어오는
바람 속을 걷고 싶습니다.

온 누리에 울리는 사랑의 메아리
메마르지 않을 영혼으로 안으며
그대와 나의 발걸음에
나비의 날갯짓 같은 리듬을 싣고
바람 속을 걷고 싶습니다.

흘러가는 시간 속에

주먹을 쥘 사이도 없이
손아귀를 빠져 저만치 달아나는
세월에 남겨진 작은 미련하나
시간의 항아리 속에 상념처럼
차곡차곡 채워 넣고
또 다른 미지의 세상을 향해
바람 앞의 등불처럼
조심스럽게 발을 내딛는다.

알 수 없는 미래의 삶들을
흘러가는 시간 속에 뜬구름처럼 담고
가슴 벅찬 감동의 물결로 출렁거릴
일말의 움직임 속에는 희망의 빛을 담는다

가슴 깊은 내 안 어디에
제각기 다른 빛이 되어 움터오는 삶에
부푼 꿈을 안고 무지갯빛 열정으로
내일을 향해 힘찬 비상을 한다.

바람 속 그리움

하늘에는 별들이 촘촘히 박혀
은하수를 이루고
내 마음엔 그대가 총총 새겨져
외로움을 이루는 깊은 밤

신에서 내려온 바람은
밤새 창문을 두드리며
애타게 나를 부르다가
스산한 한숨만 창가에
묻어둔 채 어디론가 떠나갑니다.

아쉬움이 가득한 바람의 발걸음에
무겁게 내려앉는 그리움은
빛을 잃은 가로등처럼
그대에게 가는 길을 밝히지 못하고
창을 두드리는 바람은
인생의 훈장처럼 달고 가는
고단함을 내려놓고 쉬어가라 합니다.

노을빛 창가에서

서쪽 하늘 붉게 물들이는
노을빛 스며드는 창가에
한 아름 물든
내 그리움 하나 눈을 뜹니다

눈을 뜨는 순간부터
창가를 서성이던 노을빛이
종일 그리운 이 삭이던 가슴에
금빛 그림을 그려놓습니다

그리움으로 하루를 열고
그리움으로 하루를 닫는
노을이 창문을 두드리며
그대 마중하라 합니다.

노을 물든 창가에서
사랑의 속삭임으로 오는 그대는
어둔 길 밝혀주는 별빛입니다.

별빛들의 사랑 노래

밤하늘 무수히 많은 별이
하늘을 반짝임으로 수놓으며
옹기종기 모여앉아 속삭이는
별빛들의 정다운 노랫소리 들려올 때
고요히 다가오는 그대의 향기 느끼고 싶어
저 별들 사이로 조심스럽게 다가앉는다.

별빛들의 부드러운 속삭임
무릎에 턱을 괴고 앉아
아름다운 사랑 얘기 듣고 있으면
그대의 향기를 느끼듯
입가엔 잔잔한 미소가 흐른다.

나의 빈 뜰에 수북이 쌓이는 별빛들
사랑의 속삭임에 흠뻑 취해
스르르 잠이 들었다 깨어보니
영롱한 아침이슬이 나를 보고 웃고 있다.

누군가 옆에 있어도

누군가 옆에 있어도
쓸쓸함이 봇물 터지듯
마음 외로운 날 있다.

살아 갈수록 서툰 세상살이
홀로 고독해지는 순간이 오면
가슴으로 차오르는 슬픔의 그림자에
눈물이 비가 내리 듯 흘러내린다.

깊고 깊은 미련의 늪 속에 빠져
아직도 버리지 못한 고집으로
누군가 옆에 있어도
외로움에 젖는 날 있다

세상 속에 나를 내려놓고
살가운 시선으로 하늘을 품어
마침내 텅 빈 마음이 되어서야
제자리로 돌아와 나를 찾는다.

그대 내게로 오세요

낯선 사람 바라보듯
그렇게 가만히 서 있지 말고
엷은 핑크빛 미소 띄우며
그대 내게로 오세요.

무얼 그리 망설이나요
내 마음 그대에게 전해준 지
이미 오래전인데 아직도 그대는
문밖에서 바람처럼 서성이고 있네요.

내 모습 그댈 위해
빛 고운 색동옷으로 갈아입고
그대 오는 길목 밝은 등불 켜고
기다림으로 서 있는데
그대는 길 잃은 양처럼 어둠 속에서
아직도 헤매고 있군요.

망설이지 말고 내게로 오세요.
내 기다림이 바람에 쓰러지기 전에
내 그리움이 바람에 흩어지기 전에
촛불처럼 활활 타오르는 열정으로
그대 내게로 오세요

풀잎 젖은 청춘

그대 머무는 어느 하늘가
긴 하늘거림으로 오르는 아지랑이
구름 되어 머물면 저만치 멀어져긴
사랑의 빛을 다시 찾을 수 있을까

푸르렀던 미소 처음으로 느끼며
청명함에 깊이 잠자던
풀잎 젖은 청춘으로 깨어난 화려함이여

꽃잎 품은 마음속에
바람으로 흩어지는 향기는
오르지 그대만을 위한 사랑이었거늘

애정의 꽃
화려하게 피어난 머리 위에
고운 핀 꽂기도 전에
잃어버린 사랑의 빛

격정 어린 마음으로
휘돌아 치던 꽃잎 같은 사랑은
청명한 하늘빛이 꽃 무지개를
다시 그리는 날에 풀잎 젖은 청춘으로
돌아와 앉을는지

그대에게 띄우는 편지

풀잎 위에 잠자던 이슬방울
밝아오는 여명 속에 영롱하게 깨어나고
조각조각 부서지는 햇살의 웃음소리는
그대가 연주하는 사랑의 소야곡입니다

밤새 그리움 담았던 하늘아래
푸른빛 머리 위엔 흰 구름이
쪽빛 날개 달고 바람에 풀풀 날며
그리운 이들의 이름을 풀어냅니다

나뭇가지 어린 잎새 위에 앉아
결 고운 햇살을 흔드는 바람은
그리운 이들의 영혼에 맑은 입맞춤을 하고.
초록빛 세상 열리는 시간 속에는
상쾌한 아침의 향기를 담은
사랑의 편지를 그대에게 띄웁니다.

이별 아닌 이별

세월이 흘러가도 잊히지 않을
그리운 이름 하나
오늘도 바람결에 담겨오는 질긴 인연
가슴으로 움켜쥐고 멍울진 눈물 속에
미련 섞인 투정을 담습니다

한 마리 길 잃은 새처럼
세상을 향해 떠도는
아물지 않은 상처는
지친 날갯짓으로 슬프지만
누더기 같은 망토 자락에
셋방살이 하듯 소망을 걸칩니다

바람 찬 날 낮은 언덕에 올라
그리움의 허리 서럽게 껴안고
연둣빛 속에 담긴 창백한 수채화
하늘 끝 시린 푸름에 걸어 두고
이별 아닌 이별의 넋두리 풀어 내립니다

바람에게

무언지 모를 그리움에 못 이겨
삶의 길모퉁이 정처 없이 떠돌다가
가지런히 머리 빗고 돋아 난 잎새 끝에
초록 사랑으로 머무는 그대는
희망이었으면 합니다

아지랑이 타고 내려온 햇살과
미루나무 끝에 걸터앉아 새들의
정겨운 속삭임을 엿듣고 있는 그대는
새벽녘 풀잎 끝에 맺힌 이슬 같은
영롱함이었으면 합니다

촉촉하고 달콤한 속삭임으로
그대에게 전하고 싶은 말
내 인생 마지막 순간까지
따스한 봄볕 같은 다정함이고
변치 않는 청춘으로 남았으면 합니다

이별의 노래

오랫동안 내 안에
흐릿한 구름처럼 떠돌던
알 수 없는 감정의 잔재들이
내면에서 피를 토하듯
가슴으로 솟구쳐 오른다

겹겹이 싸인 절제되지 못한 고독
갈색 빛 꿈에 실려 어디론가
여행 떠날 차비를 서두르며
가슴 시린 이별의 노래 부른다

살아오면서 포용하지 못한
회색 그림자로 남을 삶의 파편들은
돌아서는 계절의 소품으로 옮겨 심고
가버린 날들에 대한 미련은 침묵한다

헤어짐을 서러워하지 말고
밤하늘 별똥별 봄으로 떨어져 내리고
창밖을 떠돌던 겨울안개 걷힐 때
그 계절의 가녀린 몸짓에는
슬픔의 눈물이 없기를 기도한다.

그대와 탱고

석양이 어둠을 껴안고
세상에 젖어들면
외로운 길 헤매던 고독이
낯선 불빛의 창을 열고
무언의 손짓을 합니다.

어디선가 본 듯한
그대 모습 닮은 창백한 불빛
그 뒤에 감추어진 우울함
외면하고 돌아서기엔
쓸쓸함이 짙어 현악기를 켜듯
내 가슴에 활을 세우고
그대와 마주 합니다

온밤을 삼킬 듯
흔들리는 음악 속에서
그대와 나의 매혹적인 몸놀림은
희미한 별빛 따라 젖어 들고
새벽 여명 속 애절한 선율로 피어납니다

그대 시 되어 내게 오던 날

시가 내게 오던 날
내 마음은 부끄러움으로
어쩔 줄 몰랐습니다

오랜 세월 동안
떠나보냈던 날들에 대한
갈망이 간절했지만
내 안 가득히 채워진
그대를 뿌리치려니
용기 또한 없었습니다

수줍어 얼굴 붉히며
온몸을 칭칭 동여매고
뿌리 깊이 박혀 있던 뜨거운 열정
시의 언어들을 모아 세상을 향해
하나 둘 풀어내던 날 내 인생에서
삶의 동반자가 생겼습니다

시가 내게 오던 날
잔잔한 파문이 일어난 가슴은
동백꽃처럼 붉게 물들고
한 줄의 시에 해당화가 피었습니다

그대 창가에

낮에는 푸른 하늘을
머리에 이고
그대 창가에 머무는
햇살 꽃이 되었고
밤에는 하루 동안의
빛을 키우며
시간 속에 갇힌
별꽃이 되었습니다

낮과 밤의 공존 안에서
들뜬 하루의 문을 여닫고
내 마음 가까이 천천히
내려앉는 숨결 위에서
눅눅한 날들에 대한 땀방울을
온화한 손길로 씻어 줍니다

온몸으로 열정을 불사르던
서녘 하늘 붉게 물들이는 노을이
달무리 속에 잠들고
총총히 별꽃으로 떠올라
그대 눈빛 스미는 창가에서
도착한 그리움의 편지를 읽습니다

내게 있는 그 모든 아름다움으로

창가에 달빛 스며들듯
조용히 다가오는 것
소리 없이 가만가만 새벽이슬처럼
내 품 안으로 들어오는 것이 있다

그것이 무엇인지 알지 못한다
어쩌면 많은 시간이 흐르고
세월이 흐른다 해도
내 안에 꿈틀거리며
부풀어 오르는 것이 무엇인지
뚜렷이 깨닫지 못한 채
생명줄을 놓을지도 모를 일이다

단지, 어둠이 걷히면
희미한 여명을 뚫고 뜨거운 태양이
세상을 비추며 타오르듯
밝은 희망의 해 오름을 가슴에 품고
세월이 엮어준 인연에 최선을 다하고
소중함으로 부둥켜안고 남이 길인 듯
진실한 내 길을 갈 뿐이다

소풍가는 여자

눈부신 하루가
아지랑이 벗을 삼고
콧노래 부르며
바람 타고 소풍가는 날

꽃잎 향기 속에
흠뻑 취한 그녀
하얀 구름 한 송이 뽑아
꽃 모자 만들고
햇살 한 줌 떠서 하루를 위한
분단장하는 마음에 설렘도
길을 따라 나섭니다

아지랑이로 나풀나풀
선녀 옷 지어 입고
바람이 알알이 엮어 준
실망 타래 상큼함으로 둘러메고
옮기는 발걸음에
초록 향기도 신이 난 듯
뭉게구름을 탑니다

나는야 소풍 가는 여자
따사로움 머금은 세상
가지 끝마다 매달린 행복
초록 가슴으로 품에 안고
태엽을 감듯 기쁨을 감습니다

바람에 흔들리고 비에 젖어도

무겁게 버티고 선 회색빛 하늘이
오랫동안 참았던 비릿한 눈물을
투박한 설움처럼 쏟아내고 있다

갓 피어난 꽃잎이 달콤한 향기로
세상을 만나기도 전에
불어오는 바람에 속절없이
흔들리며 아프게 고개 숙인다

방울방울 아픔을 끌어안고 피어나는
나뭇잎들의 어설픈 몸놀림 속에
슬픔의 등불을 켜고 덤덤한 마음으로
허전함을 채운 커피를 마신다

얼룩진 풍경처럼 슬픔이 나를 깨우고
서글픈 사랑의 먹빛 상흔도
침묵으로 눌러 앉고 외면하지 못한
쓸쓸함의 잔재는 쓴 웃음을 짓는다

바람에 흔들리고 비에 젖어도
발걸음에 툭툭 차이는 빗방울의 멍울처럼
내 안에 슬픔이 눈물로 쌓여도
나를 깨우는 새벽 앞에서 사랑을 노래한다

제목 : 바람에 흔들리고 비에 젖어도
시낭송 : 박영애
스마트폰으로 QR 코드를 스캔하면
시낭송을 감상할 수 있습니다.

마지막 편지

늘 마지막인 듯 오늘도 나는
그대에게 편지를 씁니다

막 피어오르는 연초록 잎사귀에
내 안에서 싹터오는 사랑을 적어
그대 계신 하늘을 향해
낮은 바람결에 실어 보냅니다

고요한 자태로 꽃잎향기 피워 올리는
길가에 앉아 청초한 웃음 지으며
꽃물결 출렁이는 사연을 담아
바람결에 사랑의 빛을 띄웁니다

처음이자 마지막인 듯 쓰는
가난한 꽃 편지 속에 한 줄기 빛이 되는
연분홍 사랑을 엮어 그대 가슴에 기억 될
내 마음의 푸른 연서를 그립니다

호수

한 줄기 바람이 머물다
떠난 자리 위에는
하늘만큼 큰 그리움 앉았네.

미끄럼 타며 내려온
햇살의 눈부심에 피어나는
한 송이 그리움의 꽃

내 안에서 끝없이
일렁이는 보고 싶은 마음은
눈을 감아도 사라질 줄 모르고
더욱 또렷이 떠올라 심장 깊은 곳에
푸른 호수를 이루네.

홀로 선 낯선 향기는

따사로운 햇살을 사랑으로 머금고
가슴 가득 품었던 꿈
화려한 열정으로 쏟아져 내리는
붉은 향기 속에 그리움으로 여문
하얀 향기로 나는 그곳에 서 있었다

울타리 한 귀퉁이에 자리 잡고
홀로 서서 형체 없는 외로움으로
낯선 향기 속에 서 있는 나는
고독한 이방인일 뿐이다

하지만 현란한 향기 속에서도
정체성을 잃지 않고
우뚝 버티고 선 낯선 향기는
세실 같은 희망 안고 사는
햇살 같은 찬연함이다

꽃나비들의 달달한 사랑 향연에
흠뻑 젖은 나는 세상 모든 이들이 주는
아름다움에 대한 극찬 속에
여미어 가는 행복으로 화려하다

그리움의 성

아스라이 먼 추억 속에서
생채기를 도려내듯
스멀스멀 기억을 디디고 올라서는
낯익은 그리움 하나

애써 외면하고 싶음에도
그럴 수 없다는 것을 아는 당신은
텅 빈 마음에 올가미를 씌우듯
한 걸음씩 내 안으로 둥지를 틀며
그리움의 성을 쌓아 올립니다

당신이 내 안에 짓는 사랑의 성
먼 훗날에도 허물어뜨릴 수 없으며
오로지 나만이 가꾸어 가야 하는
애련한 외로움이 있습니다

보고 싶을 때면 추억 속에서
햇살처럼 비춰주는 사랑함이 있기에
오늘도 그대가 쌓아 준 그리움의 성 안에
쓸쓸함이 아닌 애틋한 마음으로 머물러
당신을 느껴 봅니다

침묵

아득히 먼 세상 속으로 던지는
시선이 어지럽다.

어느 곳에도 정착하지 못한 시선이
난해한 표정을 짓고 창문 밖
나그네가 되어 멀거니 서 있다.

한마디 말도 입 밖으로
내뱉고 쉽지 않은 시간에 갇혀
힘없는 눈물은 선홍빛 연못을 만들고
침묵의 늪 속으로 빠져든 마음에는
아픔으로 이름 지어진 슬픔을 채운다.

무너뜨릴 수 없는 상념의 골짜기에
외면하고 싶은 하루의 절제된 갈망 위에
깊고도 긴 침묵을 드리운다.

침묵의 사랑

습관처럼 다가오는 그리움에
얼어붙은 눈물은
차가운 달빛에 파랗게 반짝이며
지독한 열병을 앓게 한다.

맑은 영혼에
슬픔으로 내린 어둠
빗장 걸어 닫힌 문 사이로
힘겨운 침묵의 사랑이
바람에 흔들린다.

사랑의 비애

힘없이 풀린 동공 사이로
어둠이 터벅터벅 걸어
가슴을 비집고 들어온다.

휘파람을 벗 삼고 노래 부르며
빈 허공을 손짓하는
바람의 그리움이 아프다.

지나온 세월 속에 담긴 텅 빈 술잔
내 안의 슬픔으로 내린 사랑의 비애
문득,
이별하던 그 날에 아픔은
오랜 침묵을 깨고 고통으로
눈물의 물길을 여는데
언제쯤이면
조급한 웃음 한 조각이라도
가슴에 담을 수 있을까

사랑하던 순간에는
이별을 노래하지 않았기에
곁에 남아있는 이별의 상흔은
눈덩이처럼 커져 간다

슬픈 인연

아스라이 멀어져간 기억 속에
떠오르는 슬픈 인연 하나
절절이 앓는 가슴으로
쓴웃음을 짓게 합니다

어긋난 운명의 굴레로 인해
영원히 만날 수 없는
평행선 열차에 탑승한 두사람

인연이라는 끈
함께 잡은 처음의 날 있었기에
어느 종착역에 다다른 지금도
내릴 수 없어 슬픔으로 오는
아픔 속에 서 있습니다

서로의 가슴 속에
그 무엇으로도 치유할 수 없이
곪아 터진 깊은 상처로 남아
쓰라리고 마음 베이면서도
속으로만 짊어져야 하는 인연의 멍에

손 내밀어 잡을 수 없는
미련의 슬픔은 영원히 웃음으로
닿을 수 없는 먼 거리에 있습니다

깊은 밤 그리움

새벽을 향해 달려가는 열차에
그리움을 실었다
보고 싶고 기다려지는 마음에
어둠이 적막한 세상을 바라본다

무심한 듯 까만 세상은
고요한 정적만 두른 채
숨죽여 누워 있다

하늘의 별빛도 잠이 들고
어둔 하늘에 초승달만이
처연한 빛으로 깨어 있다

어디선가 새벽을 안고
걸어오는 이슬 젖은 발자국 소리
반가운 임이 오는 소리인가
돌아보는 시선 끝엔 사위어가는
달빛만이 처연하게 서 있다

고향에서

동녘 하늘 저편
태양의 붉은 입맞춤 속에
밤새 짙은 잿빛으로 덮였던
먹구름이 회오리를 그리며
하얀빛 되어 흩어지는 사이로
시리도록 청명한 하늘이
하루를 열기 시작한다

영롱한 이슬 머금고
반짝거림으로 눈부신 황금들녘
까치들이 한바탕 벌이는
굿모리장단으로 아침에서 깨어난다

짧은 하루의 여정 속에
풍요로움이 익어 가는 소리
탐스럽게 영그는 정겨움으로 들려오고
맑고 파란 하늘만큼이나
넉넉하고 인심 좋은 내 어머니의
움직이는 손길 따라
사랑이 하나둘 불어난다

너 있는 그곳에

아침 햇살의 반짝거림을
두 눈에 담으며 걷는
갈대숲 언저리에는
하얀 그리움의 향기가 피어오른다

사박사박 걸어오는
바람의 등을 타고
하늘 향해 날고 싶은 마음은
이미 너 있는 하늘을 날고 있다

떠나보낸 이의 그리움이 숨을 쉬며
민들레 홀씨하나 뿌리 내린 곳
너 있는 그곳에 푸른 줄기 세워
꽃잎을 받치는 맑은 영혼으로 남고 싶다

가을바람

뒷산 산등성이 타고
불어오는 바람에
가을의 향기가 묻어있다

움직이지 않는 듯
커튼을 밀고 들어오는 바람에
서늘함이 담겨 있다

상큼한 바람을 밟고
올라선 하늘은 옥빛으로 아름답고
뭉게구름 해맑음 속에
웃음 한 자락이
갈색 바람을 타고 흐른다

여름내 푸르렀던 이파리
허무한 듯 길을 잃고 헤매는
아쉬움에 돌아갈 길 살뜰히 일러주는
가을바람의 다사로운 손길엔
정겨운 사랑의 향기가 실려 있다

가을 연서

시리도록 푸른 하늘빛을 품에 안고 싶어
두 팔을 길게 뻗으면
하늘은 한 걸음 더 뒤로 물러서서
높고 청아한 맑은 빛을 연출한다

양떼구름들 옹기종기 모여 앉아
지나는 바람 앞세워 세상에 내려서면
빨간 고추잠자리 낮게 비행하는 사이로
코스모스 하늘하늘 여린 몸짓으로
사랑의 수채화를 그린다

두 눈 가득 담겨오는 가을날의
풍경 앞에 마주 선 나
어느 가을의 아름다웠던 날들을
사랑으로 그리며 옥빛 하늘에
그리움을 실어 그대 머무는 세상
어느 낯익은 창가에 갈색 향기
은은한 바람으로 내려앉는다

감미로운 음악 한 소절에
달콤함과 행복함을 채우듯
그대 향한 내 마음의 노래
옥구슬에 사랑으로 엮어 띄운다

제목 : 가을 연서
시낭송 : 장화순
스마트폰으로 QR 코드를 스캔하면
시낭송을 감상할 수 있습니다.

하얀 꿈

새롭게 펼쳐진 머나먼 길
뜨거운 삶의 수레 위에
두근거리는 가슴으로
하얀 꿈을 소복이 담아본다

끝이 아닌 시작
설렘보다 두려움이 앞설지라도
뒤로 물러서지 않는
용기 있는 삶을 하늘 향해
꿈꾸어 본다

때로는
모진 바람 불어와도
달콤한 삶의 날들이
먼 언덕 위에서 별이 되어
빛날 그 날을 위해
뜨거운 입술로 희망을 노래한다

용수철

태양의 부석거리는 걸음에
바위가 매달린 듯하다
안절부절못하는 하루는
가시방석이다

그렇게 태양과 하루는
서로 공존하면서 다른 꿈을 꾸고
다른 곳을 바라보면서도
같은 꿈을 꾸는 한 몸이다

하지만 그 꿈이 가시에 찔려
생채기가 생기면 갈등은 시작된다
자석처럼 끌어당겨 틈을 메우려 해도
어긋난 자존심은 용수철처럼 튀어 오른다

제목 : 용수철
시낭송 : 김혜정
스마트폰으로 QR 코드를 스캔하면
시낭송을 감상할 수 있습니다.

사금파리

가냘픈 어깨 위에
곱게 내려앉은 천 년의 꿈
진흙 속에서 백학 한 쌍
고요히 앉아 깃을 세운다

불가마니 속에서 싹틔운 희망
바래진 달빛 아래
날을 세우고 앉은
차가운 시선이 슬프다

초라한 삶에 장막을 친
갸륵한 음영은 무언 속에서
은밀한 사랑을 갈구하다
깊은 수렁으로 빠져 몸부림친다

빗나간 절제의 공간 안에서
고뇌의 시간은 흐르고
모가 난 가슴에 칼날 스치는 소리
툭 떨어져 내리는 조각난 이별이다

제목 : 사금파리
시낭송 : 박순애
스마트폰으로 QR 코드를 스캔하면
시낭송을 감상할 수 있습니다.

그대를 위한 나의 노래

그대가 있어
웃음이 가득하고
즐거움이 넘치는 날들
그대 하나로 가슴을 채워 가는
기쁨이 있음에 감사한다

그대 또한 나로 인해
늘 웃음이 넘치고
행복의 보금자리 만들어 가는
소중한 날들이 되기를 바라며
오늘도 그대를 위한
사랑의 발라드를 연주한다

언제 어디서나
서로를 생각하고 아끼는 마음
은빛 사랑으로 빛나고
저녁노을 붉게 물들어 가는
찬란한 시간 속에
소중한 우리의 행복을 담는다

인연

아름다운 꽃잎 위에 새긴 인연
우리라는 줄기를 세우고
믿음으로 잔잔한 뿌리를 내려
한 떨기 꽃으로 완성되는 사랑이여

하늘 아래 운명으로 주어진
꼬리표를 달고
하나 된 삶의 노래 뜨겁게 부르며
숙명처럼 살아가는 우리

가슴 아픈 고통과 슬픔도
함께 나누며 걸어가는
진실한 믿음의 사랑이 있기에
견디어 낼 수 있는 것이리라

한 세상 두 손 마주 잡고
내일의 아름다운 삶을 위해
하얀 웃음 담으며
백합 같은 순결한 노래 부르리라

돌아가고 싶은 날의 풍경

아득한 꿈길인양 들려오는
그 옛날
어머니의 물 긷는 소리와
아버지의 쇠죽 쑤는 소리가
웃도는 세월에 야윈 모습으로 남아 있다

별빛이 유난히 밝게 돋는 날
나는 낯선 거리를 걸으며
흐릿하게 떠오르는 추억 속을
타인처럼 기웃거리고
박꽃 같은 하얀 속살을 만지작거린다

물과 구름이 맑아
은하수처럼 빛이 흐르는 마을
가고 없는 시절 속에 피어나
너스레를 떠는 다정한 그리움은
돌아가고 싶은 날의 풍경이다

창백한 기억

달빛이 홍건히 젖어 내리는 밤
창백한 기억 하나가
꼬깃거리는 가슴을 펴고
바람 부는 행길에 홀로 앉았다

소소한 꿈 한 조각 펼쳐 들었던
지난날들은 어디로 갔을까
작은 흔적조차 찾을 수 없는
마음은 헛헛하다

나지막이 휘파람을 불어본다
깊은 밤 정적을 깨트리는 소리
창백한 시간 위에 드리워진
궁핍한 언어들이 입술을 깨문다

우주(宇宙)

한낮에 내리쬐는 햇살만 봐도
가슴이 울렁거리고
저만치 붉게 물드는 노을만 봐도
가슴에 환희가 차오른다

생명의 눈을 가진 나는
삶의 모든 순간을
추억으로 멈추게 하며
아름다운 봄이 찾아와 유혹하는
화려한 우주를 걸어 다닌다

벚꽃이 팝콘처럼 톡톡 튀는 거리
새로운 삶의 풍광을 좇아
조리개와 초점을 맞추고
미세한 심장박동 소리마저
일시 정지시킨다

벚꽃나무 아래 봄나들이 나온
아이들의 해맑은 표정이
내 눈 속에 들어온다

찰칵, 셔터를 누른다

제목 : 우주
시낭송 : 박태임
스마트폰으로 QR 코드를 스캔하면
시낭송을 감상할 수 있습니다.

별을 닮은 여자

길을 걷다가 흘깃 곁눈질로
유리창에 비쳐드는 모습들을 훑어 본다

제법 당당한 모습의 한 여자가
늦지도 빠르지도 않은 걸음으로
세상을 유유히 걷고 있다

앞만 보고 열심히 살아온 세월
그만큼 욕심도 많아져서
매일 꿈의 창문을 닦으며
희망을 노래 부르는 여자

더 높은 곳을 향해 오르다가 가끔은,
슬픔을 만나고 울음을 만나기도 하지만
결국은 맑게 갠 밤하늘 위에
아름다운 별이 되어 빛나는
한 여자의 삶을 본다.

제목 : 별을 닮은 여자
시낭송 : 임숙희
스마트폰으로 QR 코드를 스캔하면
시낭송을 감상할 수 있습니다.

내 인생의 사계절 앞에서

가슴 시리도록 붉게 타오르는
핏빛 노을을 손에 쥔 어둠은
적막함으로 별들을 불러 모은다

어디에선가 서늘한 기운으로
내 앞에 다가서는 것
낯설지 않은 그리움의 바람인가

까만 하늘 별들의
광활한 몸짓으로도 달래지 못하는
빛의 처연한 그리움을 그대도 알고 있겠지

내 인생의 사계절이 가리키고 있는
오후 세시 오십사 분의 초침소리 들으며
나는 그대 안으로 뚜벅뚜벅 걸어가고 있다.

제목 : 내 인생의 사계절 앞에서
시낭송 : 장화순
스마트폰으로 QR 코드를 스캔하면
시낭송을 감상할 수 있습니다.

어느 소녀의 꿈

한껏 기대에 부푼 고요가
자리를 털고 일어나
출렁이는 아침이 오면
나는 마라톤 선수가 되어
길고도 긴 달리기의 여정을 시작한다

언제나 그랬던 것처럼
조금의 망설임도 없이
끝이 보이지 않는 그 길을
쉼 없이 달려가면
유년의 추억이 방글방글 악수를 청한다

깔깔대며 뛰놀던 너른 마당을 지나
좁은 골목길로 접어들면
비어 있던 소녀의 희미한 여백 위에
이루지 못한 꿈의 언어가
무지갯빛 퍼즐놀이를 하고 앉았다

겨울비 내리는 날에는

창문을 타고 흐르는
빗줄기 속에 그대가 앉아 있다.
내 희미한 기억을 깨우듯
지나간 추억을 흔들며
향기로운 커피 한잔을 생각나게 한다

주전자에 물을 끓인다
하얀 김이 따스하게 모락모락 피어오르면
헤이즐넛 향이 그윽한 커피 한잔을 들고
몽롱한 기억 속 여행을 시작한다

생각이 닮아 아름다웠던 시절
나란히 앉아 마주 보는 눈빛만으로도
서로에게 전해지던 따스한 마음
이렇게 낮은 바람을 타고 겨울비 내리는 날에는
잊었던 기억이 은은한 향수와 함께
그때 그 시절의 그리움을 불러 모은다

빈 여백 속에서

시간의 무료함이
무채색 깃발 하나 흔들며
나를 보고 웃고 있다

뜨거운 커피 한잔이 주는
은은한 향기 속에 잠시나마
박대한 시간에 대한 미안함을
웃음으로 피워 올리고
빈 여백 속에 기대어
쉬어보는 내가 여유롭다

몽롱한 눈꺼풀 위에
무겁게 고여있던 쪽빛 그림자
사라진 눈빛 속엔
맑은 빛처럼 반짝거리는 세상이
수정처럼 아름답다.

제목 : 빈 여백 속에서
시낭송 : 정연희
스마트폰으로 QR 코드를 스캔하면
시낭송을 감상할 수 있습니다.

눈물꽃

서로의 아픔 속에 젖어 든 사랑
애틋한 몸짓으로 피어
남은 세월 함께하며 살아가자고
가만가만 멍든 가슴을 어루만집니다

평생 마르지 않을 것 같은 눈물로
허망한 삶을 부여잡은 가슴에 핀 꽃은
사랑의 숨결이 되어 떨림 속에 고개 숙인
여린 어깨 감싸 안고 고른 숨을 내쉽니다

억겁의 세월을 지나 마주 선 우리
애달픈 몸짓으로 부르는 사랑의 노래
핏빛 노을 진 하늘에 슬픔으로 번져도
이제는 낯설지 않은 길에 핀
섧지 않은 꽃이었으면 좋겠습니다

작은 행복

하루를 뒤돌아보며
마무리하는 시간 속에
경직된 세포들을
하나 둘 풀어놓으며
마음에 안아보는 삶이 평화롭다

지친 발걸음에 주렁주렁
매달린 채 따라오던
묵은 찌꺼기들도 훌훌 털어 버리고
하루의 마지막 앞에선 시간 속에
내일을 향한 열망을 담고
잠을 청하여 꿈꿀 수 있는
안락함이 있어 좋다

적어도 이 순간만큼은
내 안에 잠재되어 있던
가식적인 표면의 껍데기
모두 벗어버리고
진정한 내일을 위한 향내 나는
준비를 할 수 있으니 이 또한
내게 있는 작은 행복이다

어떤 기다림

말없이 찾아드는 어둠 속
그리움으로 둥지 트는
별의 약속처럼 메마른 가슴에
한줄기 빛으로도 채울 수 없는
목마름의 갈증이 나를 아리게 하던 날
어떤 기다림도 운명처럼 시작되었다

생각만으로도 설렘 가득한
웃음과 기쁨이 되고
행복이 되는 기다림
세상에 혼자 간직하고 싶은
비밀 속 그리움 하나

깊어가는 밤의 창가에 기대고 앉아
똑같은 기다림 하나 앓고 있을 그대곁에
삶의 전부인 소중한 존재로
깊은 의미 되어 머물고 싶다

제목 : 어떤 기다림
시낭송 : 장선희
스마트폰으로 QR 코드를 스캔하면
시낭송을 감상할 수 있습니다.

불면의 밤

잃어버린 시간을 앞에 두고
나는 긴 어둠의 터널을 헤매고 있다.

지쳐버린 육신은 만신창이가 된 듯
꼼짝달싹할 수도 없는데
마음마저 거친 사막에
길 잃은 미아가 되어
방황으로 돌아서 앉는다.

한껏 웅크린 몸의 족쇄 풀고서
한줄기 빛을 찾아
힘없이 고개 들어 보지만
긴 미로 속에 빠진 밤은
오로지 침묵만 고집할 뿐 말이 없다.

어디쯤 어느 곳에서 잃어버렸을까
찾을 수 없는 자아의 아우성은
깊은 한숨만 춤추게 한다.

고르지 못한 밤의 언어는
허공 속으로 흩어져
서럽고 서러운 불면의 밤을 위로한다.

제목 : 불면의 밤
시낭송 : 김혜정
스마트폰으로 QR 코드를 스캔하면
시낭송을 감상할 수 있습니다.

마음이 외로운 날에는

마음이 외로운 날에는
내 마음 달래 줄 마법의 언어를 찾아
정처없이 떠도는 여행을 시작한다

온 몸이 얼음에 잠긴 것처럼 시려 오면
따스한 말 한마디 건네 줄
다정한 친구는 아니더라도
웃음 한 조각 입가에 담을 수 있는
글을 찾아 마음의 편지를 쓴다

누구에게도 부치지 못할
서글픔을 담은 편지 일지라도
내 마음 촉촉히 적셔 줄 수 있다면
주인 없는 한 줄 글이면 어떠랴

유월에도 시린 마음
사라지지 않는 한 송이 서리꽃 같은
쓸쓸함을 담은 글이면 또 어떠랴

내 마음 편안히 누일 수 있고
위로 받을 수 있으면 그만인 게지

제목 : 마음이 외로운 날에는
시낭송 : 김정애
스마트폰으로 QR 코드를 스캔하면
시낭송을 감상할 수 있습니다.

사람이 그리운 날에는

사람이 그리운 날에는
왜 그토록 별은 더 맑고도
광휘로운 빛으로 푸른지.

하루 동안의 그리움을
고스란히 어둠 속에 토해내듯
명명한 별빛의 모습은
아름답고도 또 슬픈지.

단 하루의 생명을 가진 태양이
온 세상을 따스한 사랑으로
감싸 안은 깊은 포옹을 풀 때쯤

태양이 석양을 불러 핏빛으로
스러져 묻히면 홀연히 별이 되어
떠오르는 사랑이라는 빛
이별을 슬퍼하듯 스스로 빛을 내며
어둠 속을 타오른다.

영혼으로 맺어
무한허공에 떠도는 별빛들의 사랑
슬픔이 푸른빛을 띠며 보석처럼
아름다운 눈물 한 방울 떨굴 때
온전히 하나 된 사랑으로
명징한 별빛처럼 그대를 품으리라.

사람이 그리운 날에는

제목 : 사람이 그리운 날에는
시낭송 : 박영애
스마트폰으로 QR 코드를 스캔하면
시낭송을 감상할 수 있습니다.

이곳에서 그곳까지

이른 새벽
시계 알람 소리가 요란스럽게 나를 깨운다

하늘에서 샛별이 떨어지듯
사뿐사뿐 내려앉는
이슬의 영롱함에 들뜬 마음은
백사십 킬로미터의 사랑으로 달린다

본능의 질주이며 과속이다
그 무엇으로도 정지시킬 수 없고
과속 카메라에 덜미 잡힐 일도 없으니
벌금 딱지 날아들 염려 또한 없다

과속을 멈추게 하는 것
그것은,
내 행복이 사랑으로 숨 쉬고 있는
종착역에 다달아서야
비로소 본능의 질주는 멈춘다

제목 : 이곳에서 그곳까지
시낭송 : 김락호
스마트폰으로 QR 코드를 스캔하면
시낭송을 감상할 수 있습니다.

강물의 고백

어둠이 잘게 부서져 내리는 밤
가녀린 빗줄기에 묻힌 적막함이
나를 창밖으로 불러냅니다

마음은 창밖으로 던져두고
은은하면서도 깔끔한 맛을 우려낸
목련차 한 잔 들고 창가에 서서
가로등 불빛과 아련한 시선으로 마주합니다

문득,
그 어떤 한 사람의 모습이 떠오릅니다
저 어둠 속 빗줄기를 타고
슬금슬금 묻혀오는 낯선 고백 하나

빗물은 흐르고 흘러 강물 되어
바다로 흐르고 그 바다는
다시 강물이 되어 내 마음속에 들어와
사랑한다고 고백합니다.

제목 : 강물의 고백
시낭송 : 김락호
스마트폰으로 QR 코드를 스캔하면
시낭송을 감상할 수 있습니다.

돌아보는
시선 끝에는

김혜정 제 3시집

2019년 10월 22일 초판 1쇄
2019년 10월 25일 발행
지 은 이 : 김혜정
펴 낸 이 : 김락호
삽화 사진 : 김혜정
디자인 편집 : 이은희
기 획 : 시사랑음악사랑
연 락 처 : 1899-1341
홈페이지 주소 : www.poemmusic.net
E-Mail : poemarts@hanmail.net
정가 : 13,000원
ISBN : 979-11-6284-145-7

저작권자와 맺은 특약에 따라 검인은 생략합니다.
잘못된 책은 교환해 드립니다.